OBSERVATIONS

D'UN THÉOLOGIEN

SUR L'ÉLOGE

DE FÉNELON,

COURONNÉ

PAR L'ACADÉMIE FRANÇOISE

Le 25 Août 1771.

IA AMSTERDAM,

Et se trouve à PARIS,

Chez VALADE, Libraire, rue Saint Jacques, vis-à-
vis celle de la Parcheminerie, à S. Jacques.

M. DCC. LXXI.

OBSERVATIONS

D'UN THÉOLOGIEN

SUR L'ÉLOGE DE FÉNELON,

COURONNÉ

Par l'Académie Françoise le 25 Août 1771.

A M. DE LA HARPE.

J'AI lu, Monsieur, votre Eloge de Fénelon ; je l'ai lu avec tout l'intérêt que de-
mandent le sujet, l'Auteur, & l'Académie
qui l'a couronné. Il y a sans doute des
beautés dans votre ouvrage ; il y a des
choses bien vues, des morceaux bien frap-
pés, j'y reconnois quelquefois Fénelon.
Mais permettez-moi de vous le dire, votre
pinceau n'est pas toujours fidele, il man-
que souvent de vérité. Votre Eloge est
semblable à ces portraits, où l'on reconnoît à un certain air de ressemblance celui

A

que l'Artiste a voulu peindre , quoiqu'il n'ait pas faifi tous les traits néceffaires, pour rendre exactement l'image de l'objet qu'il s'eft efforcé de repréfenter. Je n'examinerai point ici votre ftyle , je ne vous dirai pas que le Lecteur craint de ne jamais arriver à la fin de votre premiere phrafe, qui malgré fa longueur , n'en eft pas plus intelligible ; que vous êtes fouvent précieux & recherché ; que vous n'êtes jamais fi froid, que lorfque vous voulez émouvoir ; que vous ne connoiffez pas encore cette éloquence fimple & naturelle, douce & harmonieufe , qui perfuade & convainc : que rien n'y eft plus oppofé, que la manie de dire des chofes nouvellés & philofophiques. Je laiffe ces objets à des hommes plus exercés dans l'art de la critique, & je reviens à Fénelon.

Après l'avoir comparé, je ne fçais pourquoi, à Henri IV, vous le donnez dans votre exorde, pour modele aux Controverfiftes ; parce que, dites-vous, il fut tolérant & docile. Quoi, Monfieur, Fénelon fut tolérant, c'eft-à-dire penfoit qu'on pouvoit fe fauver dans toutes les religions ? Il ne peut pas être ici queftion d'un autre tolérantifme, c'eft celui que rejettent les Controverfiftes, & tout véritable Catholique avec eux. Quel trait de la vie de Fénelon peut étayer cette opinion? Où avez-vous trouvé cette anecdote intéressante? est-ce dans le siecle de Louis XIV? Croyez-vous avec votre maître & votre ami, que l'Archevêque de Cambrai soit mort dans le pyrrhonisme? Que ne l'avez-vous avancé d'après l'autorité de ce grave Historien.? Non, Monsieur, quoi que vous en puissiez dire, Fénelon ne fut pas tolérant, il détestoit l'erreur , & plaignoit ceux qui avoient le malheur d'en être imbu. Il sçavoit que la vérité n'est qu'une; que Dieu qui a daigné parler aux hommes, ne leur a prescrit qu'une seule espece de culte ; que celui-là seul peut lui plaire : en un mot, il étoit vrai Catholique. Soutenir le contraire, ce seroit mettre trop de contradiction entre sa façon de penser, sa conduite & ses ouvrages ; ce seroit le supposer, sinon fourbe, au moins dissimulé; ce seroit déshonorer sa mémoire.

Vous direz que le tolérantisme dont vous parlez, est le tolérantisme civil , qui permet à chaque homme de vivre dans sa religion , & qui souffre dans un même Etat la pluralité des cultes. Par cette interprétation , peut - être donneriez - vous le change à des personnes faciles à tromper;

mais il feroit toujours vrai , de dire que vous avez imputé à Fénelon un fyftême qui certainement n'a pas été le fien. On vous défie de prouver qu'il ait admis votre tolérantifme civil ; parce qu'il ne fut pas perfécuteur, vous concluez qu'il fut tolérant. Mais le Chrétien éclairé connoît un milieu entre la perfécution & le tolérantifme, & perfonne n'a été plus Chrétien & plus éclairé que Fénelon.

Ne voudriez-vous pas vous appuyer de l'autorité de ce grand homme, lorfque vous déclamez indécemment contre la révocation de l'Edit de Nantes, & contre Louis XIV ? De quel droit venez-vous infulter aux mânes d'un de nos plus grands Rois ? De quel front ofez-vous dire à la Nation, qu'il ne voulut détruire le Calvinifme que par vanité ? La poftérité pourra-t-elle croire que dans un difcours purement académique, vous ayiez porté la témérité jufqu'à décider une queftion , qui tient également & à la politique & à la religion ; que les gens impartiaux regardent au moins comme problématique, & qui d'ailleurs étoit parfaitement inutile à votre fujet ? Croira-t-on , fur votre parole, que les Calviniftes *fuffent des fujets paifibles, qu'on pouvoit ramener par le toléran-*

tiſme, ou du moins contenir par l'autorité. C'eſt un plaiſant moyen pour ramener
des ſectaires, que de leur accorder des Mi-
niſtres, des temples, & l'exercice public
de leur culte ; c'eſt vouloir éteindre un in-
cendie, en fourniſſant des alimens aux
flammes. Pour détruire le Calviniſme, il
falloit, ſelon vous, employer tout ce qui
pouvoit lui donner de la force & de la
conſiſtance. Il eſt bien fâcheux pour l'humanité, que vous n'ayiez pas vécu dans le
ſiecle dernier, le Monarque eût certainement profité de vos lumieres, & ſe fût,
en les ſuivant, couvert d'une gloire im-
mortelle. Vous ajoutez qu'on *pouvoit du
moins les contenir* (les Calviniſtes) *par
l'autorité*. Il falloit donc que la moitié de
la Nation fût toujours armée pour veiller
ſur l'autre ? Quelle triſte néceſſité ! Vous
les appellez des *ſujets paiſibles* : ils l'é-
toient alors, parce qu'on avoit démoli
leurs places de ſûreté, parce qu'on les avoit
déſarmés, parce qu'ils étoient les plus foi-
bles. Sept Rois occupés à combattre cet
hydre toujours renaiſſant, étoient pour
Louis XIV. un exemple frappant ; il étoit
de ſon devoir de préſerver la France de
nouvelles guerres civiles, & d'aſſurer le
trône à ſa poſtérité, en exterminant une

héréfie, dont les principes font également oppofés, & à l'autorité fpirituelle de l'Eglife, & à l'autorité temporelle des Rois. Son attachement à la religion Catholique produifit la révocation de l'Edit de Nantes ; & la politique, qui ne vouloit que des fujets de la religion du prince, ordonna les violences, qui toutes furent exercées fous fon nom, & la plûpart fans fon confentement. Voilà la vérité, Monfieur, cette vérité que vous avez voulu méconnoître, pour vous livrer à des déclamations qui n'ont ni le mérite de la nouveauté, ni par conféquent celui d'être piquantes.

Je ne vous fuivrai pas dans les détails où vous entrez, fur l'éducation du Duc de Bourgogne, & fur le Télémaque. La haine ni l'envie ne m'ont pas mis la plume à la main. Je fuis prêt à vous rendre toute la juftice que vous méritez : ces morceaux m'ont paru bien faits. J'en excepte cependant celui, où vous peignez la fatisfaction de Fénelon, de fe voir chargé d'élever le jeune Prince. On s'apperçoit qu'il vous a beaucoup coûté, parce qu'il n'eft pas dans la nature. Quoi de plus froid que votre comparaifon du feu de Vefta? Quoi de plus orgueilleux que celle du Créateur, qui fe dit à foi-même : *faifons l'homme à notre image.*

Vos réflexions fur l'enthoufiafme, par
où vous commencez votre feconde partie,
ne plairont point à ceux qui aiment & qui
refpectent notre religion : toute la Philo-
fophie que vous avez cherché à y répan-
dre, ne les accoutumera pas à voir fur la
même ligne le Solitaire chrétien, avec le
Bonze & le Fakir ; le Miffionnaire pieux,
fimple & courageux, avec le Sectaire orgueilleux & perfécuteur ; enfin Luther avec
Fénelon. On ne fe perfuadera pas que la
même caufe ait pû produire les fureurs,
les violences, les emporteméns du pre-
mier ; la douceur, la fincérité & la docilité
du fecond. Une haine implacable contre
fes fupérieurs & la Cour de Rome, le plai-
fir orgueilleux d'être chef d'une nouvelle
religion, la liberté de fatisfaire fans contradiction fes goûts & fes paffions ; voilà
l'enthoufiafme de Luther, voilà ce qui
donna à toute l'Europe ces fcènes ridicules
& terribles, bifarres & fanglantes, qu'on
ne peut lire fans furprife & fans horreur.
Des motifs inhumains, déshonnêtes & cri-
minels ne dirigerent jamais Fénelon. La
gloire de fon Dieu, l'intérêt du Chriftia-
nifme, l'amour de la vérité purent l'éga-
rer, mais n'en firent jamais un Enthou-
fiafte : c'eft qu'on ne peut l'être, quand on

reconnoît un tribunal supérieur & infaillible, à qui on doit la soumission de l'esprit & du cœur, quand on est Catholique comme Fénelon.

Les disputes sur le Quiétisme, la condamnation du Livre des Maximes des Saints, vous amenent insensiblement au parallèle de Bossuet & de Fénelon. Rien de plus intéressant, sur-tout dans les mains d'un homme de goût & impartial. Mais ne pouviez-vous rendre à chacun de ces hommes célebres, ce qui lui étoit dû, sans déprimer Bossuet ? Pourquoi faire soupçonner *qu'il n'étoit pas moins occupé de ses propres triomphes, que de ceux du Christianisme?* Pour élever Fénelon, falloit-il abaisser son adversaire ? Au contraire, la grandeur de l'un ne contribuoit-elle pas à celle de l'autre? Je ne sçais si les gens de lettres applaudiront à votre jugement sur l'Histoire universelle. Ne pourroit-on pas vous dire que c'est un ouvrage aussi unique dans son genre que le Télémaque dans le sien ? qu'on ne peut le comparer aux discours de Fleuri, sur l'Histoire de l'Eglise ? Quelle différence quant à l'immensité du plan, & à la beauté de l'exécution! avec quelle rapidité nous met-il sous les yeux l'élévation & la chûte des

Empires ! Qu'il eſt ſublime , lorſqu'il nous
dévoile les ſecrets de la Providence ! Que
ſa marche eſt grande & majeſtueuſe ! Qu'il
rend la religion digne de nos hommages
& de nôtre vénération , lorſqu'il démontre
que la venue de J. C. eſt l'accompliſſement
de toutes les prophéties , & le ſeul but au-
quel ſe rapportoit la chaîne des événe-
mens ménagés par l'éternel ! Il ne laiſſe
rien à deſirer , & jamais l'éloquence ne
prêta tant de charmes à l'Hiſtoire & à la
Religion. Mais ne perdons pas de vue Fénelon ; vous nous avez promis de le ſuivre
ſur le théâtre de ſes vertus épiſcopales:
avez-vous tenu parole ?

Ramſai l'éleve , l'ami & l'Hiſtorien de
Fénelon vous a fourni des détails heureux
ſur l'éducation du Duc de Bourgogne ;
que n'avez-vous puiſé dans la même ſour-
ce , lorſque vous deviez parler des vertus
épiſcopales de votre Héros ? Que vous
l'euſſiez peint ſous des traits différens ! Je
m'attendois à trouver dans votre Eloge ,
un Evêque , l'honneur de l'Egliſe Galli-
cane , à peine y trouvai - je un Chrétien.
Un tréſor inépuiſable d'amour pour l'hu-
manité , & ne rien voir dans la nature ,
que le plaiſir de faire du bien , voilà ſelon
vous la baſe de la conduite de Fénelon.

Vous voulez sans doute l'aggréger aux Philosophes de nos jours, à ces prétendus Apôtres de l'humanité ? N'avez-vous pas cherché à leur faire votre cour, en les flattant d'être unis de sentimens & de façon de penser avec l'Archevêque de Cambrai ? Il vous eût été infiniment plus glorieux de le repréfenter tel qu'il étoit, vous auriez donné par-là une idée plus avantageufe de votre jugement & de votre religion. Le peu de fuccès du Curé de Mélanie ne vous a pas corrigé : cette nouvelle tentative ne vous réuffira pas mieux. Si on a eû de la peine à vous pardonner d'avoir péché contre la vérité théatrale, on ne vous pardonnera pas d'avoir péché contre la vérité hiftorique. Quel homme fut jamais plus pénétré de l'amour de Dieu & des vérités évangéliques, que Fénelon ! L'amour des hommes n'étoit qu'une fuite de ces fentimens. Pourquoi donc à ces motifs fublimes, furnaturels, fi dignes d'un Evêque, venez-vous fubftituer une philantropie froide, & incapable de foutenir un homme dans l'exercice pénible des vertus héroïques qui ont occupé fa vie pendant tant d'années. Croyez-vous que le développement d'un cœur vertueux par la religion, ne préfente pas à l'éloquence affez de lauriers à cueillir ?

(13)

L'influence de la religion fur la conduite de Fénelon, tenoit effentiellement à fon Eloge. Après nous l'avoir offert comme un homme de lettres citoyen, vous deviez nous le montrer comme un Philofophe Chrétien. Que de tableaux intéreffants ne vous auroit pas fourni cette derniere façon de le confidérer ! Je le vois plus grand dans fa difgrace que dans fa faveur ; fa foi fi pure, fi vive, fi éclairée, lui fait bientôt oublier l'une & chérir l'autre : il bénit la Providence d'avoir choifi ce moyen, pour le rendre aux devoirs de fon état : il s'y livre tout entier : fon défintéreffement, fa bienfaifance, fa douceur, fon affabilité, fes veilles, fes travaux, fes inftructions, fes vifites épifcopales, toutes fes vertus en un mot, prennent leur fource dans l'amour de Dieu : toutes portent l'empreinte facrée du feu célefte qui l'anime & l'embrâfe : par-tout il voit fon Dieu, par-tout il l'aime & le fert : delà fon amour pour les hommes. Pouvoit - il aimer le Créateur fans chérir fon plus parfait ouvrage ? Auffi fe confacre - t - il au bonheur de l'humanité. Lui faire du bien & l'inftruire, c'eft tout ce qu'il ambitionne ; s'il eft des malheureux dans fon Diocéfe, il ne les connoît pas, ou il n'a pu tarir la fource de leur infortune, & alors il est plus malheureux qu'eux-mêmes. S'il en est qui soient encore dans l'erreur, ils n'ont pas entendu ses instructions. La vérité a des droits imprescriptibles sur le cœur de l'homme. Mais qu'elle étoit puissante dans la bouche de Fénelon ! il étoit impossible de se refuser à l'évidence & à l'enchaînement de ses principes. Il étoit si persuasif, qu'il vous conduisoit insensiblement de l'existence de Dieu, jusqu'au dernier dogme de la religion Catholique. Il ne se contentoit pas de la faire connoître, il faisoit plus, il la faisoit aimer ; & on n'en sera pas surpris, quand on considérera que si la religion servit à perfectionner ses vertus, ses vertus à leur tour, servirent à rendre la religion aimable. Heureux concours, qui le rendit à la fois, & l'honneur de l'Eglise, & les délices de la société.

Mais je m'apperçois que je vais au delà du but que je m'étois proposé. Je n'ai eu d'autre intention que de vous faire voir que vous n'avez pas connu Fénelon, lorsque vous l'avez fait tolérant & enthousiaste : que c'est une ignorance impardonnable, ou une dissimulation criminelle, que d'avoir donné à ses vertus épiscopales tout autre motif que la religion, toute autre source que l'amour de Dieu.

(15)

L'Académie avoit proposé pour sujet du prix de cette année, l'Eloge de Fénélon. Fénelon étoit Citoyen, Homme de Lettres, Chrétien, Evêque. Ne l'avoir présenté que comme Citoyen & Homme de Lettres, c'est donc n'avoir fait que la moitié de son Eloge, c'est donc n'avoir mérité tout au plus que la moitié du prix.

J'ai l'honneur d'être, &c.

F I N.